나는 티라노사우루스다

미야니시 타츠야 글·그림 | 허경실 옮김

달리

옛날 옛날 아주 먼 옛날,
아빠 프테라노돈과 엄마 프테라노돈이 살았습니다.

어느 날 엄마는 바위산 꼭대기에 알 하나를 낳았습니다.
깊은 밤 그 알이 데굴데굴 구르더니…….

빠직 빠지직!
귀여운 아기
프테라노돈이 태어났습니다.

아빠와 엄마는 아기를
예쁘고 소중하게
키우기로 다짐했습니다.

"많이 먹고
튼튼하게
자라야 한다."
아빠는 맛있는
음식을 가져다주고,

"따뜻하고 상냥한
아이가 되렴."
엄마는 아기를
꼭 안아 재웠어요.

"날개를 쭉 펴서 힘껏 땅을 차고 바람을 타렴.
높이 날면 사나운 티라노사우루스도 무섭지 않지."

아빠는 하늘을 나는 법을
가르쳐 주고,

"누구라도 도움이 필요할 때엔 도와주어야 한단다."
엄마는 아기가 차가운 비에 젖지 않게
날개를 펴서 막아 주었어요.

그리고……

어느덧 아기는 무럭무럭 자라 아빠만큼 커졌습니다.
어느 날 밤, 아빠와 엄마는 잠든 아이 곁에서 얘기했습니다.

"우리 아이도 이제 독립할 때가 된 것 같구려."
"혼자서 괜찮을까요? 아직은 잘 날지도 못하는데……"

"이미 멋진 프테라노돈이 되었으니 괜찮을 거요.
앞으로는 스스로 노력해야지요."

엄마는 눈물을 뚝뚝 흘리며 아빠와 함께 넓은 밤하늘로 날아갔어요.
너무나도 조용한 밤이었어요.

다음 날 아침, 프테라노돈이 일어났습니다.
"어, 엄마 아빠가 어디 가셨지?
아침밥을 구하러 가셨나?"
프테라노돈은 큰 소리로
"엄마ㅡ! 아빠ㅡ!"
몇 번이고 외쳤습니다.
하지만 아무리 기다리고 기다려도
엄마 아빠는 돌아오지
않았습니다.

프테라노돈은 엄마 아빠를
부르다 지쳐 잠이 들고 말았어요.
바로 그때 저 아래에서…….

캬오오오오 캬오오오!
티라노사우루스가 눈을 번뜩이며
바위산을 오르고 있었습니다.

그 순간
꽈꽈쾅 쿵쿵!
화산이 폭발하고 지진이 났어요.
티라노사우루스는 바위산
꼭대기에서
데굴 데굴
데구르르 르르르르……

쿠-쿵!

티라노사우루스는 땅으로 철퍼덕 내동댕이쳐졌어요.
프테라노돈이 달려가 보니 티라노사우루스가
떨어진 바위 더미 속에 파묻혀 있었지요.

'어, 어떡하지?'

바로 그때 아빠 말씀이 생각났어요.
"티라노사우루스는 난폭하고 무서운 녀석이야."

시간이 조금 지나자 티라노사우루스는
아예 움직이지 못했습니다.

그러자 엄마 말씀도 생각났습니다.
"누구라도 도움이 필요할 때엔 도와주어야 한단다."

"좋아!"
프테라노돈은 바위를 하나씩 하나씩 치우기 시작했어요.

바위를 전부 치운 뒤에도 티라노사우루스는
꼼짝할 수 없었습니다. 심한 상처 때문이었습니다.

"괜찮아요?"
프테라노돈이 작은 목소리로 속삭였을 때였어요.
"아, 아파! 몸이 움직이지 않아.
눈도 떠지지 않고. 어떻게 된 거지? 아무것도 안 보이잖아!"
티라노사우루스가 슬픈 목소리로 말했어요.

'눈도 많이 다쳤나 봐.'
프테라노돈이 그렇게 생각하던 바로 그때,
티라노사우루스가 무서운 목소리로…….

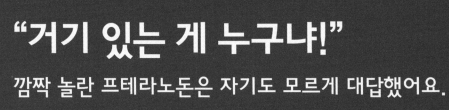

"거기 있는 게 누구냐!"

깜짝 놀란 프테라노돈은 자기도 모르게 대답했어요.
"저, 저는, 아니 나는 티라노사우루스다."
"나와 같은 티라노사우루스라고?
그러기엔 목소리가 너무 작고 귀여운걸."
"그, 그건 큰 소리를 내면 네가 더 아파할까 봐!"

프테라노돈이
젖 먹던 힘을 다해
큰 소리로 외쳤어요.

프테라노돈은 상처투성이
티라노사우루스가 가여워
보살펴 주기로 마음먹었습니다.

비가 내리면 프테라노돈은
티라노사우루스를 나뭇잎으로 덮어 주었어요.
엄마가 그랬던 것처럼 따스하고 포근하게……

"어때? 맛있니?"

"음, 맛있다."

"사실 물고기가 더 맛있겠지만, 난 아직 바다까지는 날지 못해.
아니, 나는 게 아니라 날듯이 점프하는 거 말이야."

티라노사우루스는 프테라노돈의 얘기를 말없이 듣고 있었어요.

프테라노돈은 다시 티라노사우루스에게 빨간 열매를 먹여 주었어요.

아빠가 그랬던 것처럼 많이많이 먹여 주었어요.

며칠이 지나고 또 지난 어느 날 밤이었어요.
그날도 프테라노돈이 빨간 열매를 구해 왔어요.
그런데 티라노사우루스가 눈을 번뜩이며
물고기를 입에 물고 있는 게 아니겠어요?

'이제 눈이 보이나 봐.'
프테라노돈은 깜짝 놀라 빨간 열매를
후두둑 떨어뜨리고 말았어요.

그 소리에 티라노사우루스가 뒤를 돌아보았습니다.
그리고 물고기를 입에 문 채로 **쿵쿵** 다가왔지요.
'어, 어쩌지……?'
바로 그때 아빠 말씀이 떠올랐습니다.

"날개를 쭉 펴서 힘껏 땅을 차고 바람을 타렴.
높이 날면 사나운 티라노사우루스도 무섭지 않지."
프테라노돈은 날개를 힘껏 펼쳤습니다.
"이—얍!"

'이제 바람을 타면 돼.'
프테라노돈은 온몸으로 바람을 느꼈습니다.
"아빠가 말씀하신 대로야. 나도 높이 날 수 있어!"
바람을 타고 더 높이높이 올라갔어요.

"캬─오!"

티라노사우루스가 소리쳤습니다.

점점 작아져 가는 티라노사우루스를 보면서
프테라노돈은 생각했습니다.
'티라노사우루스가 건강해져서 다행이야.
다시 눈도 보이게 돼서 정말 다행이야.
하지만, 내가 진짜 티라노사우루스라면
우리 둘은 정말 사이좋은 친구가 될 수 있었겠지?
안녕, 티라노사우루스.'

티라노사우루스는 뒤쫓아 가다 발을 멈췄습니다.
그리고 별이 총총 수놓인 밤하늘을 향해 말했어요.

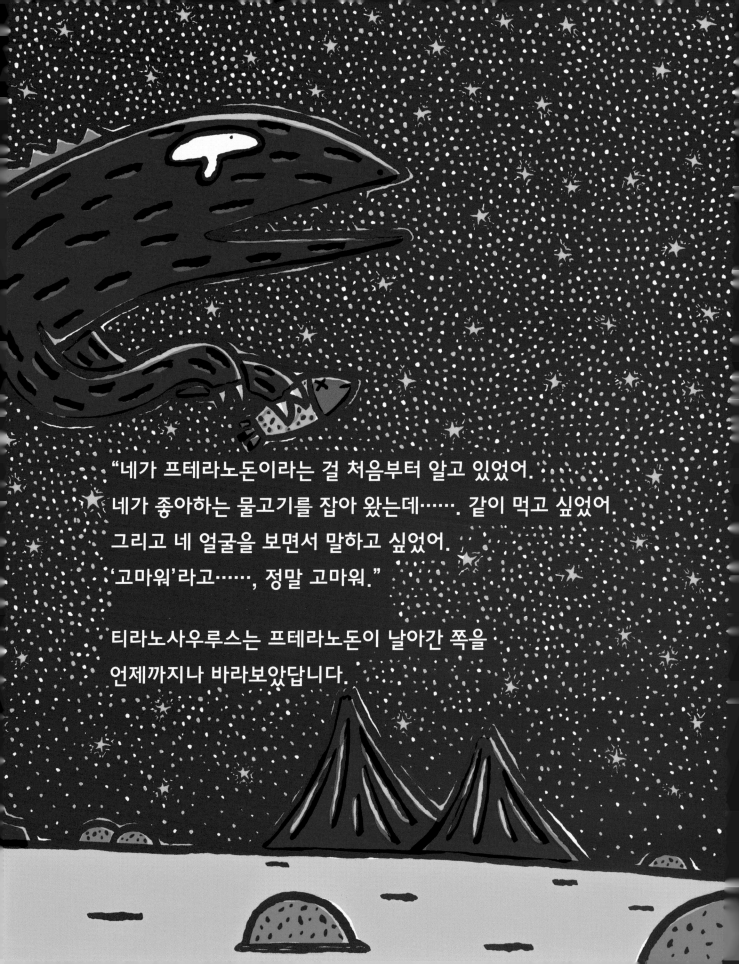

"네가 프테라노돈이라는 걸 처음부터 알고 있었어.
네가 좋아하는 물고기를 잡아 왔는데……. 같이 먹고 싶었어.
그리고 네 얼굴을 보면서 말하고 싶었어.
'고마워'라고……, 정말 고마워."

티라노사우루스는 프테라노돈이 날아간 쪽을
언제까지나 바라보았답니다.

미야니시 타츠야는 일본 시즈오카현에서 태어나 일본대학 예술학부 미술학과를 졸업했습니다. 인형미술가, 그래픽 디자이너를 거쳐 그림책 작가가 된 미야니시 타츠야는 개성 넘치는 그림과 가슴에 오래 남는 이야기로 전 세계 독자들에게 널리 사랑을 받고 있습니다. 〈고 녀석 맛있겠다〉 시리즈 외에도 《엄마가 정말 좋아요》, 《말하면 힘이 세지는 말》, 《신기한 씨앗 가게》, 《찬성!》, 《메리 크리스마스, 늑대 아저씨!》 등 많은 책이 우리나라에 소개되었고, 《고 녀석 맛있겠다》로 '겐부치 그림책 마을' 대상을, 《오늘은 정말 운이 좋은걸》, 《누구 젖?》으로 고단샤 출판문화상 그림책 상을 받았습니다.

허경실은 1973년 부산에서 태어나 일본 나고야에서 국제경영학을 공부했습니다. 두 아이의 엄마로, 출판사에 근무하면서 《고미 타로의 색깔 그림책》, 《나는 티라노사우루스다》, 《넌 정말 멋져》, 《영원히 널 사랑할 거란다》, 《나에게도 사랑을 주세요》, 《나는 당신을 사랑하고 있어요》를 비롯해 일본의 좋은 그림책을 우리말로 옮기고 있습니다.

나는 티라노사우루스다

1판 1쇄 펴냄 2011년 8월 17일
1판 25쇄 펴냄 2024년 12월 2일

글·그림 미야니시 타츠야 | 옮긴이 허경실
기획·편집 박소연 | 디자인 심흥섭
펴낸이 박소연 | 펴낸곳 (주)도서출판 달리
등록 2002.6.4(제10-2398호)
주소 04008 서울특별시 마포구 희우정로 16길 17-5
전화 02)333-3702 | 팩스 02)333-5707
ISBN 978-89-5998-093-2 74800
ISBN 978-89-90364-52-4(세트)